GABY HAUPTMANN

Wo die Engel Weihnachten feiern

GABY HAUPTMANN

Wo die Engel Weihnachten feiern

Eine himmlische Geschichte

Mit 12 Illustrationen
von Chris Menke

Piper München Zürich

Mehr über unsere Autoren und Bücher:
www.piper.de

FSC
Mix
Produktgruppe aus vorbildlich bewirtschafteten Wäldern und anderen kontrollierten Herkünften
Zert.-Nr. GFA-COC-001298
www.fsc.org
© 1996 Forest Stewardship Council

ISBN 978-3-86612-270-3
2. Auflage 2010

Autorenfoto: Dieter Wehrle
Umschlaggestaltung: hilden_design, München
Umschlagillustration: Chris Menke
Gesamtherstellung: Kösel, Krugzell
Printed in Germany

Der Aufprall war gigantisch. Doch Sandras Verwunderung war fast noch größer als der Schock. Während ihr alter Jeep die schneebedeckte Fahrbahn vorwärtsschlitterte und schließlich mitten im Wald auf der einsamen Straße stehen blieb, klammerte sie sich ans Lenkrad und starrte nach vorn in den Lichtkegel ihrer Scheinwerfer. Da war nichts. Sie konnte nichts sehen. Worauf, um Himmels willen, war sie geprallt?

Sie wollte gerade den Sicherheitsgurt lösen, um auszusteigen und nachzuschauen, als sie in ihrer Bewegung erstarrte. Das, was sie da durch die Beifahrerscheibe ansah, war kein einheimisches Tier. Sandra starrte in große, dunkle Augen, und obwohl es draußen stockfinster war, glaubte sie, ein großes Schaufelgeweih zu erkennen. Ein Elch? Mitten im Schwarzwald?

Wo sollte hier ein Elch herkommen?

Und was, wenn das Tier verletzt war?

Sandra zögerte und schaute nach ihrem Handy. Vielleicht sollte sie besser gleich Hilfe rufen? Aber was würde sie sagen?

Das machte keinen Sinn. Sandra gurtete sich entschlossen los. Sie war 34 Jahre alt, Mutter von zwei Kindern, Ehefrau eines Automechanikers und von zupackendem Wesen. Sie würde jetzt nicht hier auf ihrem zerschlissenen Autositz warten, dass etwas passieren möge. Es war der 23. Dezember, und sie hatte die letzten Weihnachtseinkäufe hinten im Wagen. Bis auf die Gans, die mit ihresgleichen noch die letzten Körnlein im Garten der Nachbarin pickte, hatte sie alle Vorbereitungen abgeschlossen.

Sandra schaute noch mal zum Fenster, doch sie sah dort nur ihr eigenes Spiegelbild. Sie öffnete die Tür und konnte den Gedanken, der ihr spontan durch den Kopf fuhr, nicht unterdrücken: Wenn sie einen Elch angefahren und tödlich verletzt hatte, gäbe das den Weihnachtsbraten für die ganze Nachbarschaft. Die Gans würde sich freuen.

Der Motor lief noch, und die Schweinwerfer erhellten die Straße vor ihr – der Aufprall hatte sich offensichtlich heftiger angefühlt, als er tatsächlich gewesen war. So groß konnte der Schaden also nicht sein, dachte Sandra, während sie mit ihrem Fuß Halt auf dem Trittbrett suchte. Ihr neuer langer Mantel behinderte sie in ihren Bewegungen. So viel Tuch war sie nicht gewohnt, aber es war das Weihnachtsgeschenk ihres Mannes für sie – auch wenn er davon noch nichts wusste.

Sie ging die wenigen Schritte nach vorn zur Kühlerhaube ihres Jeeps, dann spürte sie den Schreck wie Feuer durch ihre Adern jagen. Da lag ein Mann. Ihr erster Gedanke war: Wo kommt der denn her? Ihr zweiter: Was mach ich nun?

Sandra bückte sich. Ganz in Rot gekleidet, lag er halb unter ihrem Wagen, und offensichtlich war er nicht mehr der Jüngste, denn der Bart, den er trug, war schon ganz weiß.

»Um Gottes willen«, entfuhr es Sandra, »sind Sie verletzt?« Sie kniete sich neben ihn und versuchte, etwas zu erkennen, aber der Mann lag im Schatten der Stoßstange, und sie war sich nicht einmal sicher, ob er überhaupt noch lebte.

»Was laufen Sie auch nachts so unbeleuchtet durch die Gegend«, warf sie ihm hilflos vor. »Jedes Kind hat Leuchtstreifen an seiner Kleidung und Sie ... nicht.« Sandra fasste nach seiner Hand. Was sollte sie tun, wenn er wirklich tot war? Sie versuchte, seinen Puls zu ertasten, aber er hatte dicke Handschuhe an. Sie zerrte daran, um an sein Handgelenk zu kommen. »Und so albern«, sagte sie dazu. »Sie sehen aus wie ein Nikolaus, aber der hat ab dem 6. Dezember ausgedient. Haben Sie sich im Datum geirrt? Und wo wollen Sie überhaupt hin?« Es war, als müsste sie sich selbst Mut zusprechen. »Da hinten kommt nur noch unser Weiler und dann kilometerweit nichts. Und wir brauchen ganz bestimmt keinen Nikolaus!«

»Aber vielleicht einen Weihnachtsmann?«, tönte eine dunkle Stimme unter dem Wagen, und Sandra sprang vor Schreck auf, wobei sie auf ihren Mantel trat und rücklings auf den Po fiel. Da blieb sie sitzen und versuchte, gegen das grelle Scheinwerferlicht ihres Wagens etwas zu erkennen, vergebens.

»Was?«, fragte sie schließlich. »Ist ja auch egal«, erklärte sie, »Hauptsache, Sie leben!« Sie kroch auf allen vieren zu dem Mann unter ihrem Wagen und streckte ihm die Hand entgegen. »Halten Sie sich fest, ich zieh Sie da raus!«

Als keine Reaktion kam und Sandra im Gegenlicht noch immer nur Sternchen sah, ließ sie ihre Hand sinken und fragte zaghaft: »Oder sind Sie doch verletzt? Dann ruf ich jetzt den Notarzt!«

Unter ihrem Wagen fing es an zu brummen, dann begann sich der für Sandra sichtbare Teil des Männerkörpers langsam hervorzuarbeiten.

Sandra hatte richtig gesehen, der Mann war alt. Eigentlich zu alt, um nach einem solchen Aufprall gänzlich unverletzt zu sein. Sie musterte ihn wortlos.

»Stimmt etwas nicht?«, fragte er, als er nun mit ausgestreckten Beinen neben ihr auf der Straße saß und sich den Schnee von seinem Mantel klopfte.

»Ich weiß nicht«, sagte Sandra zögernd. »Vielleicht ist es ja auch nur ein Traum!«

»Ja«, erwiderte der alte Mann und sah ihr direkt in die Augen, »ein Albtraum!«

»Nein«, widersprach Sandra, die ihren Blick nicht von ihm lösen konnte, »das nicht. Albträume sehen anders aus, und sicherlich wachen wir auch gleich wieder auf.«

»Ich nicht!«, sagte der alte Mann bestimmt. »Sie haben mein Transportunternehmen lahmgelegt, und nun habe ich höchste Lieferschwierigkeiten. Das gibt ein Fiasko!«

Sandra strich sich die honigblonden Locken zurück, die ihr ins Gesicht gefallen waren. »Lieferschwierigkeiten?«, fragte sie verständnislos. »Und wollen Sie nicht vielleicht aufstehen? Wenn es wirklich kein Traum ist, habe ich bereits einen eiskalten Hintern.«

»Meine Lieferung liegt jetzt unter Ihrem Wagen«, sagte der Mann und deutete auf den Jeep.

»Und was soll das sein?«, fragte Sandra, und sogleich fiel ihr das seltsame Tier ein. »Gehört das Viech dann auch zu Ihnen?«, fragte sie. »Dieser – verkleidete Elch?«

»Könnten Sie Ihren Wagen vielleicht ein paar Meter zurückfahren, damit ich an meinen Schlitten komme?«

»Bitte was?«

Sandra stand mühsam auf und blickte auf den Mann im roten Mantel hinunter. »Kommen Sie«, sagte sie

und streckte ihm abermals ihre Hand hin. »Ich fahre Sie ins nächste Krankenhaus, es ist ja kein Wunder, dass es Ihnen nicht gut geht.«

Sie dachte an ihre beiden Kinder, acht- und elfjährig, die die Verspätung sicherlich dazu nutzen würden, sämtliche Weihnachtsbrötchen aufzuspüren und hinunterzuschlingen. Aber dieser Gedanke durfte sie jetzt nicht ablenken. Sie hatte einen Menschen angefahren, also musste sie zu ihrer Tat stehen und in Ordnung bringen, was in Ordnung zu bringen war.

»Wenn Sie einfach nur ein paar Meter zurückfahren würden, wäre mir schon geholfen«, sagte der Mann, während er sich langsam aufrichtete.

»Wenn Sie es wünschen«, entgegnete Sandra, die sich trotz allem noch wie in einem Traum fühlte. Er sah aus wie der Nikolaus, sie hatte ihn angefahren, und es war ihm nichts geschehen. Das Ganze war ihr nicht geheuer, wahrscheinlich konnte sie gleich auch noch fliegen.

»Aber nehmen Sie bitte den Rückwärtsgang«, sagte der Mann und blieb vor dem Jeep stehen.

»Sehr witzig«, murmelte Sandra und stieg in ihr Auto. Irgendwann würde wahrscheinlich der Wecker klingeln, und alles wäre wieder in bester Ordnung. Sie schob den Automatikhebel auf »R« und fuhr langsam rückwärts. Was da im Scheinwerferlicht auftauchte, ging über ihren Verstand. Es war tatsächlich ein Schlitten, der aber flach wie ein bunter Scherenschnitt gefaltet auf der Straße lag. Der aufgewirbelte Schnee legte sich auf die flachen Kufen, den Kutschbock und auf eine Menge bunter, glänzender Geschenke.

Sandra starrte hinaus, dann wanderten ihre Augen zu dem Mann im roten Rock, der sich nun im Scheinwerferlicht ihres Wagens hinkniete und mit der Hand über seinen Schlitten strich. Gleich darauf hob sich sein Blick und traf den ihren durch das Gegenlicht, den treibenden Schnee und die schmutzige Windschutzscheibe hindurch. Sie schauten einander regungslos an, und eigentlich wäre Sandra jetzt wirklich gern erwacht, aber sie konnte nicht. Der Wecker schien nicht auf ihrer Seite zu sein.

Sandra stieg aus. »Und jetzt?«, fragte sie, als hätte sie täglich mit platten Schlitten mitten auf der Straße zu tun.

»Jetzt haben wir ein Problem!«

»Wir?«, echote Sandra kratzbürstig, aber gleich darauf sah sie, dass nicht sie gemeint war. Im Dunkeln des Straßenrandes stand das Tier mit der Geweihschaufel und beobachtete sie aus glitzernden Augen.

»Ach du lieber Himmel«, sagte Sandra und war intuitiv versucht, sich zu bekreuzigen.

»Ja, da haben Sie recht«, bestätigte der Mann und klatschte mit seiner behandschuhten Rechten leicht auf die Motorhaube des Jeeps. »Was hat der an PS?«, wollte er wissen.

»PS?«, fragte Sandra verwirrt. »Was weiß ich. Es ist ein Isuzu Trooper, zwanzig Jahre alt, ein Arbeitsgerät. Wollen Sie ihn kaufen?«

»Kaufen?« Er lachte und zeigte eine Reihe kleiner weißer Zähne. »Starten möchte ich mit ihm, starten.« Er betrachtete den Wagen von der Seite. »Diesel?«, fragte er dann.

Sandra antwortete nicht.

»Ich weiß noch nicht mal, wer Sie sind«, sagte sie schließlich. »Mit Fremden mache ich keine Geschäfte!«

»Das ist kein Geschäft, das ist ein Notfall.« Der Knabe kam auf sie zu, und diesmal streckte er ihr die

Hand hin. »Ich bin der Weihnachtsmann«, sagte er förmlich. »Und Sie haben die einmalige Chance, Ihre Ungeschicklichkeit wiedergutzumachen.«

»Meine Ungeschicklichkeit?« Sandra übersah die Hand. »Sie waren unbeleuchtet. Und wo sind Sie überhaupt hergekommen? Jeder Reiter, selbst in der Provinz, trägt nachts Leuchtstreifen an seiner Ausrüstung. Und Sie fahren mit einem ganzen Schlitten rum, und es gibt weder Katzenaugen noch Rücklichter, noch Leuchtstreifen, noch sonst irgendeinen Sicherheitsstandard.« Sie fauchte: »Ist diese Kiste überhaupt zugelassen?«

»Jedenfalls produziert sie keinen Feinstaub.«

Sandra verstummte.

»Also, was jetzt?«, wollte sie nach kurzer Besinnung wissen. »Wie geht es jetzt weiter?«

»Das kann ich Ihnen sagen!« Der Weihnachtsmann kratzte sich ausgiebig am Bart, ging um den Jeep herum und kam grummelnd wieder auf sie zu. »Er hat eine Anhängerkupplung. Sehr gut. Es ist ein Diesel. Sehr gut.« Er wies auf den Elch. »Bist du schon mal Auto gefahren?« Der Elch gab keine Antwort, maß den Jeep aber mit einem misstrauischem Blick.

»Wie soll ein Elch auch Auto fahren können«, Sandra schüttelte missbilligend den Kopf. »So ein Blödsinn!«

»Nun«, fuhr der Weihnachtsmann unbeirrt fort, »ich kann es auch nicht. Aber einer von uns dreien muss es können.«

Sein Blick heftete sich auf Sandra, und auch der Elch schaute sie nun an.

»Ja, klar kann ich Auto fahren, wie wäre ich denn sonst hierhergekommen«, erklärte Sandra einigermaßen aufgebracht.

»Gut«, befand der Weihnachtsmann mit ruhiger Stimme, »dann wäre das geklärt. Also brauchen wir nur noch ein Abschleppseil.«

»Was ist geklärt?«, wollte Sandra wissen.

»Dass Sie uns abschleppen.«

»Dieses Klapperding?« Sandra beäugte den platten Schlitten misstrauisch. »Das wird es nicht überleben. Nicht mal auf dem weichen Schneeboden.«

»Es wird«, sagte der Weihnachtsmann. »Keine Sorge!« Er drehte sich nach dem Elch um, der noch immer regungslos dastand. »Schwieriger ist, wie mein Elch auf die Rückbank kommt.«

»Gar nicht«, sagte Sandra. »Wie auch? Er ist doch kein Schoßhund. Er ist viel zu groß – und außerdem kann er laufen, das hat er bisher doch auch getan.«

»Nicht unter diesen Umständen.« Der Weihnachtsmann rüttelte mit einer Hand am Autodach. »Aber es ist ja ohnehin ein Faltdach, da gibt's also keine Probleme.«

»Das wusste ich noch gar nicht.« Sandra sah staunend zu, wie sich ihr Wagendach in akkurate Falten legte und geräuschlos hinter der Rückbank verschwand. »Ist es nicht vielleicht ein bisschen zu kühl, um Cabrio zu fahren?«, wandte sie sich zögernd an den Weihnachtsmann.

Der Weihnachtsmann schaute in den dunklen Himmel.

»Im Moment schneit es nicht. Schalten Sie doch einfach die Sitzheizung ein!«

»Sehr witzig!« Sandra trat einen Schritt zurück und sah zu, wie der Weihnachtsmann dem Elch die hintere Wagentür aufhielt und das Tier ohne zu zögern einstieg. Irgendwie brachte es seine langen, dünnen Beine unter und blieb dann mit erwartungsvoller

Miene sitzen. Mit seinem Geweih war er fast so breit wie das ganze Auto, und plötzlich musste Sandra loslachen.

»Das ist jetzt aber nicht wahr«, quietschte sie, während der Lachanfall sie schüttelte und sie sich schließlich den Bauch hielt, weil sie einfach nicht mehr aufhören konnte. Und immer, wenn sie zu dem Elch sah, der majestätisch über sie hinwegblickte, riss es sie von Neuem.

Erst die sonore Stimme des Weihnachtsmanns brachte sie wieder zur Besinnung.

»Wir warten«, sagte er.

»Wie?«, gluckste Sandra und wischte sich ihre Locken aus dem Gesicht. Ihre Wangen glühten, und sie nahm eine Handvoll Schnee vom Boden, um sie abzukühlen. Dann drehte sie sich nach dem Weihnachtsmann um. Er saß auf dem Beifahrersitz und beobachtete sie geduldig.

»Und jetzt?«, wollte sie wissen und musste an sich halten, um nicht schon wieder loszulachen.

»Jetzt geben Sie einfach Gas. Und dann fahren wir los!«

»Und der Schlitten?«

»Habe ich hinten angehängt, während Sie Ihrem Frohsinn frönten.«

Sandra schüttelte ungläubig den Kopf und stieg ein.

»Auf geht's«, sagte sie, während sie sich hinter das Lenkrad setzte, »dann suchen wir jetzt mal eine Schlittenreparaturwerkstätte.« Kurz überlegte sie, einfach zur Werkstatt ihres Mannes zu fahren. Aber ob ein platter Schlitten überhaupt sein Ding war – vor allem jetzt, nach Feierabend? Vielleicht wusste er ja zumindest Rat.

»Gut«, sie glühte den Motor vor und ließ ihn an. »Na bitte«, sagte sie dann zu ihrem Beifahrer, »läuft astrein. Trotz des Crashs.«

»Das ist sehr gut!«, lobte der Weihnachtsmann. »Und jetzt geben Sie mal so richtig Gas!«, fügte er hinzu und hielt vorsorglich seine rote Mütze fest.

Richtig Gas, dachte Sandra. Was dachte der, welchen Rennwagen er hier unter seinem Hintern hatte? Ab 80 km/h ächzte das Chassis, und ab 100 röhrte der Motor.

»Sollte ich nicht eher vorsichtig … wegen des Schlittens?«, fragte sie und drehte sich nach ihrem Anhängsel um, stieß mit ihrer Nase aber gegen die feuchte Elchschnauze, die ihr warme Atemluft entgegenblies.

»Ich kann nichts sehen«, erklärte sie.

»Brauchen Sie auch nicht«, beruhigte der Weihnachtsmann sie. »Das geht schon klar. Geben Sie einfach Gas. Vollgas!«

Sandra strich sich ihre Haare glatt hinter die Ohren, dann stellte sie den Automatikhebel auf »D«, griff mit beiden Händen fest das Lenkrad und drückte die rechte Fußspitze sacht auf das Gaspedal. Erst mal schauen, dachte sie, schließlich war die Straße schneebedeckt und man kam schnell ins Rutschen.

Der Jeep jaulte auf wie ein Panther vor dem Sprung, machte einen gewaltigen Satz und schoss so unvermittelt los, dass Sandra sich am Lenkrad festhalten musste, während der Rückstoß sie in ihren Sitz presste und der Fahrtwind ihr die Luft nahm. Ihre langen, wild umherwehenden Haare raubten ihr die Sicht, und bis sie sie gebändigt hatte und wieder etwas sah, war die Straße nicht mehr zu erkennen, vor ihr war alles gleichermaßen schwarz, dabei zog der Wagen schräg hinauf in den Himmel und plötzlich sah sie ihr eigenes, beleuchtetes Haus unter sich. Das war der Moment, in dem Sandra an eine Ohnmacht dachte. Aber sie hatte keine Zeit dazu, weil alles so schnell ging und sie ihrem Haus und dem Weiler hinterherstarrte, der unter ihr immer kleiner wurde, und dann auch dem ganzen großen Wald, bis sie das gleißende Lichtermeer der entfernt liegenden Hauptstadt sah.

»Was ist das?«, brüllte sie gegen den Wind an, löste ihren Blick vom Erdboden und schüttelte den Weihnachtsmann, der völlig entspannt neben ihr saß, am Arm.

»Wir fliegen«, sagte er, als würde er auf einem Gangplatz in einem Linienflugzeug nach Hamburg sitzen.

»Aber das ist doch verrückt!«, schrie Sandra. »Mein Jeep kann nicht fliegen. Ich auch nicht! Ein Elch schon gar nicht!«

»Wir können«, gab der Weihnachtsmann seelenruhig zur Antwort.

»Und wohin?«, wollte Sandra wissen, bevor sie sich nun endgültig für eine Ohnmacht entscheiden würde.

»In unsere Werkstatt, zu unseren Weihnachtsvorbereitungen. So viele Wünsche, so viele Geschenke, alles muss bis morgen fertig werden. Und ich brauche einen reparierten Schlitten.«

»Weihnachtswerkstatt?« Sandra drehte sich nach dem Elch um. Es saß seelenruhig auf seinem Platz, nur eine alberne Weihnachtskugel an seinem Geweih baumelte im Fahrtwind aufgeregt hin und her.

»Und wo soll diese Werkstatt sein?«, fragte sie.

»Betriebsgeheimnis«, erklärte der Weihnachtsmann. »Eine Adresse gebe ich nicht heraus. Könnte ja jeder kommen! Aber Sie werden es erleben, schließlich bringen Sie uns ja hin.«

»Ziemlich unfreiwillig, finden Sie nicht?«

»Nein«, sagte er und schenkte ihr ein Lächeln, »eigentlich nicht.«

Sandra hatte ihre Strategie überdacht. Für eine Ohnmacht war sie zu neugierig. Wenn sie schon durch den Himmel flog, wollte sie auch alles mitbekommen, denn was sollte sie erzählen, wenn sie das meiste davon verpasste?

»Und wann bin ich wieder zurück?«, wollte sie wissen, während die Erde unter ihr immer kleiner wurde und der Sternenhimmel immer näher rückte.

»Rechtzeitig zum Fest«, beruhigte sie der Weihnachtsmann. »Die Stunden im Himmel zählen für die Erdenmenschen nicht. Sie werden dort unten keinen Unterschied feststellen.«

Sandra versuchte das zu verstehen. Es gelang ihr nicht. »Sie werden mich nicht vermissen?«, hakte sie nach.

»Sie merken es gar nicht.«

Gut, dachte Sandra, entspann dich. Du bist auf einer Himmelsreise, wer kann das schon von sich behaupten. Und keiner wird dich vermissen. Sie versuchte ihren Griff um das Lenkrad zu lockern. Der Gedanke, dass sie gar keiner vermisste, gefiel ihr nicht so richtig. Sie hätte ihren Lieben eine SMS schicken können: »Hallo, keine Sorge, bin nur mal kurz mit dem Weihnachtsmann zur Himmelswerkstatt unterwegs und bald wieder zurück.«

Das brachte sie zum Lachen, und sie klatschte mit ihrer rechten Hand auf den Oberschenkel ihres Beifahrers. »Das ist ein Witz«, rief sie. »Unfassbar!«

»Halten Sie sich besser fest«, erklärte er, »wir sind gleich da. Ich weiß nicht, wie Ihr Jeep bremst – es könnte ruppig werden!«

Sandra starrte nach vorn. Und tatsächlich, etwas, das aussah wie ein riesiger Wattebausch, hüllte sie ein, nahm ihr kurz die Sicht und gab dann den Blick auf ein unglaubliches Gebäude frei.

»Neuschwanstein«, sagte Sandra sofort. »Wir haben uns verflogen!«

»König Ludwig konnte sich nicht trennen, da haben wir hier oben eine Kopie angefertigt«, erklärte der Weihnachtsmann achselzuckend. »Etwas kitschig, wenn Sie mich fragen. Aber immerhin besser als die alte Burg, die früher hier stand. Und es zieht nicht mehr so.« Er lächelte ihr zu, um gleich darauf zu rufen: »Vorsicht, jetzt müssen Sie bremsen!« Eine lange Zugbrücke vor einem gewaltigen Schlosstor kam schnell näher, und Sandra trat mit voller Wucht in die Bremse. Der Jeep bäumte sich auf, schlingerte unkontrolliert von rechts nach links und blieb schließlich rasselnd und pfeifend vor dem großen Tor stehen.

»Uff«, stöhnte Sandra und schaute nach dem Elch, dessen heißen Atem sie in ihrem Genick spürte. Er wirkte etwas blass und schnappte hörbar nach Luft.

»Wie wäre es mit einem Fahrsicherheitstraining zu

Weihnachten?«, fragte der Weihnachtsmann. »Wäre doch ein tolles Geschenk für Sie!«

»Ha, ha«, machte Sandra. »Sehr witzig!«

Sie blickte auf das große hölzerne Tor vor ihnen. »Und jetzt?«, fragte sie. »Wenn keiner aufmacht, fliegen wir dann wieder zurück?«

Der Weihnachtsmann warf ihr einen Blick zu, dann pfiff er auf den Fingern. Augenblicklich schwenkten die beiden Flügeltüren zurück.

»Soll ich hineinfahren?«, fragte Sandra, aber ihr Begleiter schüttelte den Kopf. »Nur für Fahrzeuge mit grüner Umweltplakette«, sagte er. »Ich denke, Ihre Rußschleuder gehört nicht dazu.«

»Aha«, giftete Sandra. »Aber für den Transport Euer Hochwohlgeboren war sie gut genug?«

Er lächelte, und Sandra fand, dass er plötzlich viel jünger aussah. Seine blauen Augen blitzten förmlich, und sein Bart war dunkler geworden. Konnte das sein? Von ihr aus konnte das Gestrüpp auch vollends verschwinden, sie mochte Männer mit Vollbart nicht.

Hinten rumorte der Elch, und von vorn kam etwas über die Kühlerhaube auf sie zugeschossen, das ihr bellend direkt in den Schoß fiel. »Nicht zu fassen«, sagte Sandra, während sie sich das schwarz-weiße Hundegesicht mit der langen, roten Zunge vom Leib hielt, »das hier sieht aus wie die Hündin, die ich als Teenager hatte.«

»Dann ist sie es wahrscheinlich auch«, sagte der Weihnachtsmann ungerührt, stieg aus und hielt dem Elch die Hintertür auf. Das Tier streckte sich erleichtert und stakste dann aus dem Auto hinaus.

»Halt!«, rief Sandra. »Nehmt mich mit!« Sie klemmte sich die kleine Hündin unter den Arm, die überschwänglich ihre Hand leckte und unentwegt mit dem Schwanz wedelte, und stieg ebenfalls aus. »Bist du tatsächlich Stupsi?«, fragte sie den Mischling, während sie ihren langen Mantel raffte, um nicht zu fallen. Jetzt musste sie mit ihrem Beifahrer Schritt halten. Wer wusste schon, was noch alles passieren würde.

Der Weihnachtsmann blieb stehen und drehte sich nach ihr um. »Mach dir keine Gedanken über das, was du jetzt siehst«, sagte er. »Das geht hier nur kurz vor Weihnachten so zu. Normalerweise haben alle ihre festen Aufgaben. Aber im Dezember herrscht hier der Ausnahmezustand.«

Sandra legte ihre Hand auf die kleine Hündin.

»Worüber sollte ich mir eigentlich noch Gedanken machen?«, fragte sie. »Vielleicht, dass Sie mich jetzt plötzlich duzen?«

»Das ist auf über tausend Metern so.«

»Aha!« Sandra zuckte die Achseln. »Ich bin ja noch jung. Ich kann ja noch dazulernen.«

»Dazu hast du jetzt Gelegenheit.« Der Weihnachtsmann machte eine kleine galante Bewegung, mit der er ihr den Vortritt ließ. »Entrez«, sagte er, und Sandra trat über die Schwelle. Sie sah verschiedene Gebäude, die ineinander übergingen, hohe Türme und unzählige Türen, Fenster und Nischen. In der Mitte lag eine Art Schlosshof, auf dem es, wie auf jedem größeren Markt, recht betriebsam zuging. Überall standen Menschen zusammen, die sich berieten oder möglicherweise einfach nur tratschten, andere zogen hoch bepackte Leiterwagen quer über den Platz zu den in Reih und Glied geparkten Schlitten hin, die emsig beladen wurden.

Ein stattlicher Elch kam auf Sandra zu, sodass sie einen Schritt zur Seite machte. Das Tier beachtete sie aber nicht weiter, sondern schaute an ihr und dem Weihnachtsmann vorbei. »Schon gut, Eli«, sagte der

Weihnachtsmann. »Willy ist nichts passiert. Nur der Schlitten ist platt. Ihm geht es gut.«

Der Weihnachtsmann trat zur Seite und ließ seinen Elch vorbeigehen, und erst jetzt fiel Sandra auf, dass die beiden Tiere die gleichen Christbaumkugeln am Geweih trugen.

»Freundschaftskugeln«, sagte der Weihnachtsmann auf ihren fragenden Blick, und nun war auch leicht zu erkennen, dass die beiden Elche ein Paar waren. Sie begrüßten sich zärtlich.

»Und jetzt?«, fragte Sandra, während sie den beiden hinterherblickte.

»Jetzt müssen wir schauen, dass der Schlitten möglichst schnell wieder flott wird. Die Zeit drängt. Und hier wird immer noch diskutiert, wie ich sehe. Wir haben zu viele Theoretiker und zu wenig Praktiker. Dort drüben stehen die Psychologen, siehst du sie? Dort die Politiker, auch gut zu erkennen, die Feuilletonisten, die Philosophen, die Schriftsteller, die Pfarrer, die Gewerkschaftsbosse, die Manager, Broker und Banker. Die sind für die intellektuellen Geschenke verantwortlich. Das geht Stunden, Tage und Wochen so. Die reden und reden und reden. Und dann haben sie ihre Geschenke nicht fertig und hoffen auf eine neue Legislaturperiode.«

»Was sind denn das für Geschenke?«, fragte sie.

»Alfred!« Von irgendwoher gellte eine helle Stimme.

Der Ruf ließ Sandra aufschauen.

»Ach du je«, sagte der Weihnachtsmann neben ihr. »Die hat uns noch gefehlt.«

»Alfred«, echote Sandra, »bist du das?«

»Wonach sieht es denn aus?«

Sandra kicherte.

»Süß«, sagte sie und wiederholte leise »Alfred ...«

»A wie Alpha«, sagte der Weihnachtsmann kurz angebunden. »Alphatier. Okay? S wie Sandra ist da schon eher ein Schlusslicht.«

»He!«, sagte sie. »Gemach, gemach.«

Eine dickliche Frau rauschte heran, eine schwarze Kladde in den Händen, ein Walkie-Talkie am Gürtel und einen Knopf im Ohr.

»Resi, unsere Koordinatorin«, flüsterte Alfred. »War früher mal Aufnahmeleiterin beim Bayerischen Rundfunk. Mit Leib und Seele.«

»Da bist du ja wieder«, sie bremste vor ihnen ab. »Wurde auch Zeit. Schlittenschaden«, sagte sie und zwinkerte ihm zu. »Interessante Variante ...« Ihr Blick wanderte zu Sandra. »Wo hast du das denn aufgetrieben?« Sie zupfte an Sandras Locken. »Warst du etwa im Puttenhaus?«

»Halt!« Sandra machte einen Schritt zurück. »Ich bin echt! Von wegen Putte!«

»Huch«, das Gesicht der Koordinatorin bekam einen habichtähnlichen Ausdruck. »Was soll das denn heißen?«, fragte sie Alfred.

»Sie ist meine Assistentin«, erklärte Alfred seelenruhig. »Die steht jedem Alpha-Weihnachtsmann zu, wie du weißt. Draußen liegt mein Schlitten. Kümmer dich lieber um den. Und lass den Jeep stehen, du hast keinen Führerschein!«

»Jeep?« Resi warf Sandra einen prüfenden Blick zu, sagte aber nichts mehr, sondern rauschte durchs Tor hinaus.

»Und jetzt?«, wollte Sandra wissen.

»Jetzt muss ich mal ein paar Dinge regeln«, erklärte Alfred. »Wir können uns später wieder treffen.«

»Und was mache ich so lange?«

»Schau dich um, vielleicht triffst du ja ein paar alte Bekannte.«

»Alte Bekannte?«

Alfred öffnete eine Tür, die in einen lang gestreckten Raum führte.

Sandra folgte ihm. »Alte Bekannte«, wiederholte sie. »Wie soll das denn gehen?«

Im Türrahmen blieb sie stehen. An einer langen Wand hingen an ordentlich mit Namen beschrifteten Kleiderbügeln unzählige rote Mäntel nebeneinander, rote Mützen und weiße Bärte. Alfred nahm einen leeren Bügel, schlüpfte aus seinem roten Gewand, hängte es sorgfältig auf, nahm seinen langen Bart ab und hängte ihn darunter.

»So«, sagte er. »Feierabend!«

»Feierabend?« Sandra sah ihn sprachlos an. Ohne Bart wirkte er viel jünger, als sie angenommen hatte. Kaum älter als sie selbst. In Jeans und Rollkragenpullover sah er aus wie der Mann von nebenan. »Ist das nur so ein Job für dich? Ein Weihnachtsmannjob?«

»Zeitarbeit«, sagte Alfred. »Ich habe dir doch schon gesagt, dass wir während des Jahres andere Aufgaben haben.«

Er zeigte auf ihre Hündin, die sie noch immer im Arm hielt. »Stupsi also?«, fragte er und nickte. »Gut,

Stupsi kann dich ein bisschen herumführen, sie kennt sich aus. Ich komme dann nach.«

»Nach?« Sandra stand noch immer wie angewurzelt. »Nach? Wohin nach?«

»Dahin, wo du dann halt bist.«

»Trag ich ein GPS unter dem Mantel, oder wie willst du mich finden?«

»Keine Sorge, das sind die leichteren Übungen.«

Sandra setzte die kleine Hündin vorsichtig ab. Aber sie sprang sofort wedelnd an ihr hoch, also nahm sie sie wieder auf den Arm. »Wie soll sie mich denn führen, wenn sie gar nicht laufen mag?«, fragte Sandra. »Und gibt es hier vielleicht irgendwo ein Café? Etwas Warmes könnte ich jetzt schon vertragen.«

»Die Weihnachtsbäckerei ist drüben im hinteren Gebäude. Einfach der Nase nach.« Alfred nickte ihr zu. »Also, dann bis später. Verlauf dich nicht!« Er grinste und verschwand hinter einer roten Tür.

»Na gut«, sagte Sandra. »Dann eben so. Ich brauch ja schließlich keine männliche Begleitung. Wozu auch? Selbst ist die Frau!«

Eine mit glitzernden Sternen verzierte Tür auf der

anderen Seite des Platzes stach ihr ins Auge. »Komm, Stupsi«, sagte sie, »das schauen wir uns jetzt mal näher an.«

Sandra schlenderte langsam über den Platz, bekam hier und dort Gesprächsfetzen mit und wäre bei einer Gruppe, in der eine Frau gerade über ein »übertriebenes Notengeschenk« sprach, gern stehen geblieben. Irgendwie erinnerte sie die Stimme an ihre ehemalige Deutschlehrerin, die auch immer von »übertriebenen Notengeschenken« gesprochen und deshalb nie welche gemacht hatte. Aber das konnte ja nicht sein, sie ging weiter und überlegte, was wohl aus der Lehrerin geworden war. Beim letzten Klassentreffen war sie nicht dabei gewesen. Ob sie noch lebte?

Sandra musste einem großen Leiterwagen ausweichen, der turmhoch mit bunten Geschenken bepackt an ihr vorbeigezogen wurde. Stupsi bellte wie wild, und Sandra ließ sie runter. Die Hündin sprang ausgelassen um die Beine der beiden Männer herum, die den Wagen zogen, und Sandra malte sich aus, was da wohl alles verpackt war. Rotes Glanzpapier überwog jedenfalls, aber viele Pakete hatten auch Weihnachts-

oder Sternenmuster, waren mit hübschen Schleifen und kleinen Engelchen verziert.

Es erinnerte sie an die Zeit, als sie noch klein gewesen war und an das Christkind geglaubt hatte. Abrupt blieb sie stehen. Ja, und das hier? Es zeigte doch, dass ihr Kinderglaube der Wahrheit sehr nahegekommen war. Sie hätte diesen Glauben nur einfach nie aufgeben dürfen.

Nachdenklich ging sie weiter, beobachtete, wie die Schlitten beladen wurde. Alle hier schienen gute Laune zu haben. Scherzworte flogen hin und her, und Stupsi bekam von einem der Männer einen kleinen Lederball zugeworfen, den sie freudig erregt zu Sandra trug.

»Toller Ball, Stupsi«, sagte Sandra und bückte sich zu ihr hinunter. »Ist das dein Weihnachtsgeschenk?« Die Hündin legte ihn ihr vor die Füße, und Sandra hob ihn auf. Er hatte dunkle Flecken, war auch schon ziemlich zerbissen, aber dann spürte Sandra, wie sich ihr Puls beschleunigte. Ganz deutlich erkannte sie das kleine Herz, mit dem sie selbst vor vielen Jahren den Ball verziert hatte und darunter den Schriftzug: *Stupsi.* Schön in Schreibschrift, jeder Buchstabe mit großer Konzentration und herausgestreckter Zungenspitze gemalt. Sandra sah sich an ihrem alten Schreibtisch sitzen, das Schulheft zur Seite geschoben, den Ball vor sich, und Stupsi, wie sie damals zu ihren Füßen saß und sie erwartungsvoll anblickte. Genau wie jetzt.

»Stupsi!«, sagte sie. »Das gibt es doch gar nicht!«

Stupsi bellte, und Sandra warf den Ball. Entzückt raste die Hündin los und war mit dem Ball gleich wieder da.

»Okay«, sagte Sandra laut zu ihr. »Irgendwie sind mir jetzt die Zeitzonen durcheinandergeraten. Aber das hat Alfred ja gesagt. Ich nehme das jetzt einfach so, wie es ist. Du bist meine Stupsi, und das ist dein Ball. Und wir beide gehen jetzt einfach mal durch diese Tür und suchen die Weihnachtsbäckerei. Weißt du noch, wie wir die große Keksdose gefunden und vor Weihnachten alle Brötchen weggefuttert haben?« Sie kicherte. »Mutti ist fast umgefallen!«

Die Sternentür ließ sich leicht öffnen und gab den Blick frei in eine große Halle mit vielen weiteren Türen und einer breiten Steintreppe, die nach oben führte.

»Du hast die gute Nase! Also schnupper mal, wo der Duft herkommt!«, sagte Sandra.

Auch hier liefen Frauen und Männer geschäftig von einer Tür zur anderen. Und trotzdem lag eine unbestimmte Heiterkeit über der Szene. Es wurde gelacht und gescherzt, und Sandra fühlte sich auf eine eigentümliche Weise wohl.

Stupsi lief zielstrebig auf eine hellblau lackierte Tür zu, und Sandra folgte ihr.

»Könntest du mir gerade die Tür aufhalten?«, fragte eine Stimme hinter ihr, und Sandra drehte sich um.

Ein Jugendlicher mit einem Schubkarren kam hinter ihr her. »Ich muss noch Nuss-Päckchen nachliefern. Was meinst du, macht das mit den Walnüssen überhaupt noch Sinn?«

Sandra hielt ihm die Tür auf und dachte an ihre eigenen Kinder. Die hatten noch immer Spaß am Nüsseknacken, besonders wenn die Schalen in alle Richtungen davonspritzten. »Ja klar!«, sagte sie aus tiefster Überzeugung.

»Dann kannst du mir vielleicht grad mal helfen?«

Sandra antwortete nicht, sondern folgte ihm in den nächsten Raum. Rechts und links waren endlos lange

Regale mit Nüssen, Mandarinen und rotwangigen Äpfeln gefüllt. Der intensive Duft erinnerte sie an ihre Kindheit. Es war wie das Eintauchen in eine längst vergessene Zeit. Sie drehte sich nach Stupsi um. Die Hündin hatte ihren Ball neben sich gelegt und wartete ab. Anscheinend ging sie davon aus, dass Sandra erst einmal hierblieb.

»Gut«, sagte sie. »Was kann ich tun?«

»Prima, dass du mir hilfst. Ich bin Daniel«, sagte der Junge und nickte ihr zu. Sandra schätzte ihn auf etwa sechzehn. So die Mischung aus Kind mit zu großen Füßen und Mann mit dem ersten Flaum auf der Oberlippe. Er reichte ihr eine kleine Mehlschaufel. »Damit geht es am besten. Ich halte die Säckchen auf, und du schaufelst die Nüsse rein.«

»Und die Mandarinen? Und Äpfel?«

»Andere Abteilung!«

Warum nicht, dachte Sandra. Schließlich habe ich Zeit. »Wie ist es hier so?«, fragte sie, während sie ein Säckchen nach dem anderen füllten.

»Alles easy. Kein Stress, keine blöde Anmache, viele Typen trifft man wieder. Nette Partys, geile Meetings und superspannende Aktionen!« Er band die Säckchen zu. »Aber weshalb fragst du? Du bist doch auch hier.«

Sandra überlegte. »Ja«, sagte sie dann. »Aber ich gehe wieder zurück.«

»Ehrlich?« Der Junge staunte. »Geht das? Das muss neu sein!«

»Willst du mit?«, fragte Sandra.

»Kein Bedarf!«, erklärte er und schichtete die Säckchen übereinander. »An Weihnachten ist es ein bisschen eintönig mit all den Geschenken, aber der Rest des Jahres ist einfach cool!«

»Gut«, Sandra warf ihm einen kurzen Blick zu. Seine Pickel glänzten rot. Zu Hause hätte sie ihn direkt zu ihrer Freundin geschickt, die Kosmetikerin war und ihn gleich mal in die Mangel genommen hätte. »Du kannst es dir ja noch überlegen.«

»Ich mag meine Pickel«, sagte er.

»Ich habe doch gar nichts gesagt!«, erschrak Sandra.

»Aber gedacht! Danke fürs Helfen, die Probierstube für die Weihnachtsbäckerei findest du da hinten. Einfach durchgehen. Stupsi weiß, wo es langgeht. Ciao, Süße!«

Sandra schaute ihm nach, wie er seinen voll beladenen Schubkarren hinausschob. Dann ging sie hinüber zur Probierstube. Komisch, dachte sie, wenn er Gedanken lesen konnte, musste er doch auch wissen, dass sie nur Touristin war. Und überhaupt, wie ging denn das? Wie konnte man die Gedanken eines anderen lesen? Und – war das gut?

Sie wollte die Gedanken ihres Mannes nicht mithören müssen. Andererseits behauptete er immer, dass er sowieso nichts denken würde. Aber wahrscheinlich war das eine Lüge. Oder doch nicht?

Stupsi stand wartend vor einer weiteren Tür. Sie war rot lackiert und mit goldenen Sternen verziert.

»Du meinst, dahinter …?« Sandra drückte die Klinke langsam hinunter. Eine Probierstube für Weihnachtsbäckerei, wie verlockend! Das wäre der Traum. Und möglicherweise schlug so etwas hier oben ja auch nicht an? Kein Pfund mehr? Das wäre der noch größere Traum. Brötchen, Zimtsterne und Spitzbuben, Himbeerschnitten und Bärentatzen, Kokosmakronen und Vanillekipferl, Spritzgebäck und Engelsaugen … Engelsaugen?

Sandra fühlte sich beobachtet und drehte sich

schnell um. Aber hinter ihr war niemand. Ihr Blick suchte an der Decke nach dem Rotlicht einer Überwachungskamera, aber das war ein idiotischer Gedanke. Ausgerechnet hier, wo man offensichtlich Gedanken lesen konnte, und Alfred sie ohne GPS aufspüren wollte. Trotzdem schaute sie noch einmal genau hin, dann öffnete sie die Tür. Stupsi huschte hinein, und Sandra roch, was sie sich erträumt hatte: die süßen Düfte der himmlischen Verlockung, und das war hier ja durchaus wörtlich zu verstehen …

»Stupsi! Das ist der Hammer!«

Vor ihr standen Körbe um Körbe des feinsten Weihnachtsgebäcks. Alles duftete zum Niederknien.

»Das halt ich nicht aus«, sagte Sandra und schaute sich um. Ob man einfach so davon essen durfte? Es war kein Mensch zu sehen. Sie war völlig allein.

»Was machen wir jetzt?«, fragte sie Stupsi, die mit begehrlichem Blick und witternder Nase zwischen den Köstlichkeiten stand. Einfach davon naschen, wie Daniel vorhin gesagt hatte? Eine Probierstube war schließlich zum Probieren da. Aber Sandra hielt sich zurück und ging tiefer in den Raum hinein, der sich nach rechts in ein großes Zimmer öffnete mit kleinen, bestuhlten Tischen und einem großen russischen Samowar. Vier ältere Damen saßen zusammen, tranken Tee und probierten die verlockend duftenden Brötchen.

»Entschuldigen Sie«, sagte Sandra, »darf man sich denn tatsächlich von den Brötchen nehmen?«

Eine der Frauen, Sandra schätzte sie um die siebzig, drehte sich nach ihr um. Sie trug eine gestärkte weiße Spitzenbluse und sah so freundlich aus, dass Sandra ihr spontan zulächelte.

»Aber ja, mein Kind«, sagte sie. »Nimm dir einen Teller, such aus, was du magst, vergiss Stupsi nicht, die bevorzugt die Zimtsterne, und setz dich dann zu uns. Wir freuen uns!«

Das ließ sich Sandra nicht zweimal sagen. In Windeseile hatte sie ihren Teller vollgeladen und kam an den Tisch der Damen. Die hatten einen Stuhl für sie herangezogen, und vor ihr stand eine Tasse Tee.

»Wir diskutieren gerade über die Liebe«, sagte die eine. »Vielleicht kannst du uns ja ein bisschen dabei helfen.«

»Ach ja?« Sandra biss in eine Himbeerschnitte und

ließ sich genüsslich zurücksinken. Ach, tat das gut. Der süße Geschmack reifer Himbeeren, die gemahlenen Nüsse auf der Zunge und dazu die feine Glasur aus Zitrone, das war einfach göttlich!

»Ja. Wir basteln gerade ein besonderes Geschenk für eine junge Frau, aber wir werden uns nicht so richtig einig. Wollen die jungen Frauen heute denn noch eine lebenslange Liebe oder lieber viele spannende neue Lieben?«

Sandra überlegte, biss in ihre Himbeerschnitte, reichte Stupsi ihren geliebten Zimtstern hinunter und biss noch einmal ab. Dann sah sie die Damen an und seufzte kurz auf.

»Lecker«, sagte sie. »So süß, wie Liebe nie sein kann.«

»Ah!«, sagte die Frau in der rosaroten Jacke, die mit ihrem vollen Gesicht jünger als ihre Nachbarin schien, »das bringt uns aber auch nicht weiter.«

»Stimmt«, gab Sandra zu. »Aber Liebe ist ja auch ein sauschwieriges Thema!«

»Ein was?«

»Nicht so einfach halt!«

»So weit waren wir schon«, erklärte ihre Nach-

barin lächelnd. »Aber es soll ein Geschenk werden, und sie kann es nicht mehr umtauschen. Also muss es passen.«

Sandra nahm einen Schluck von ihrem Tee. Wie war das mit ihr und ihrem Mann? In der Schule kennengelernt, geheiratet, zwei Kinder bekommen. Sie waren tierisch verliebt gewesen. Ständiger Blickkontakt. Heimliche Briefchen. Erstes Treffen im Wald. Angst, weil sie nicht geschützt waren. Und weil es gut gegangen war, war die Angst ausgeblieben, bis die Regel nicht mehr kam. Schwangerschaftstest aus der Apotheke. Den Eltern beichten. Großes Theater, ab zum Arzt. Der stellte fest, dass die Regel aus anderen Gründen ausblieb. Aber der Schock schweißte zusammen. Pille, Schulabschluss, Hochzeit, Kind. So in etwa. Eine Liebe? Viele Lieben? Sie hatte sich bisher nie Gedanken darüber gemacht …

»Entschuldigung«, sagte sie in die Runde. »Ich denke noch nach.«

»Keine Eile«, erwiderte die Frau, die ihr gegenübersaß. »Wir sind übrigens Agnes, Hilda, Karin und Waltraud – und das, was du uns da gerade erzählt hast, kennen wir auch.« Sie schaute ihre Freundinnen an. »Aber mal ehrlich. Das kann doch kein Geschenk sein!« Sie wandte sich wieder an Sandra. »Was würdest denn du dir beispielsweise von deinem Mann wünschen?«

»Dass er mal *Ich liebe dich* sagt«, kam es wie aus der Pistole geschossen. »Das hat er noch nie fertiggebracht. Weder in der Schulzeit noch bei der Hochzeit und jetzt schon gar nicht mehr.«

»Hm«, Agnes lächelte. »Das ist aber ein Fortgeschrittenengeschenk. Das heißt, sie muss dann ja zumindest schon einen Mann haben. Wir rätseln aber, ob wir ihr mit einem Mann fürs Leben einen Gefallen tun. Oder eher nicht.«

Sandra dachte an Alfred. Die blauen Augen. Sein trockener Humor. Wenn sie jetzt frei wäre, gänzlich ohne Mann und Kinder, dann könnte sie sich vielleicht für ihn erwärmen.

»Eher nicht«, sagte sie.

»Alfred ist eingeschworener Single«, sagte Waltraud, »der hat nun wirklich keine glücklich hinterlassen.«

Sandra schwieg.

»Ich finde, sie müsste einige Auswahl haben«, sagte

sie schließlich, »bis sie sich für einen entscheidet. Dann weiß sie wenigstens, dass der wirklich die beste Wahl ist. Ein bisschen Erfahrung schadet nie. Sonst kann er ihr leicht einreden, dass er der Superbursche, das Nonplusultra sei.«

»Früher war das so«, sagte Hilda.

»Ja, früher«, bestätigte Karin. »Aber Sandra hat recht, wir machen das genau so. Prima. Dieses Geschenk ist fertig. Vier Männer zur Auswahl, und dann kommt Mister Right!«

»Ich notiere«, sagte Hilda und schrieb etwas in ein pinkfarbenes Notizbuch.

Waltraud studierte eine Liste, die vor ihr lag.

»Hier haben wir jetzt noch den Fall verschmähter Liebe. Er liebt sie, aber sie findet ihn ziemlich einfallslos und langweilig. Was nun?«

Sandra angelte sich ein Vanillekipferl.

»Oh«, murmelte sie beim Hineinbeißen. »Das ist Sex auf der Zunge!«

»Ach?« Karin schaute sie erstaunt an. »Nicht schlecht. Wir schenken ihm eine Portion Phantasie.«

»Reicht das?«, wollte Agnes wissen.

»Ich denke schon. Phantasie im Alltag: Er denkt

sich etwas für sie aus. Freizeit, Urlaub. Er kann sie abends am Tisch unterhalten, sprüht vor Ideen, reißt sie mit. Phantasie im Leben: Er hat ein gemeinsames Ziel, von dem er ihr erzählt. Phantasie im Bett: Das ist sowieso unschlagbar!«

»Perfekt«, bestätigte Sandra. »Krieg ich seine Adresse?«

Hilda lachte. »Warum?«

»Wenn ihr ihm auch noch eine Portion Charme verleiht, dann ziehe ich um …«

»Charme!«, nickte Waldtraud. »Da hat sie recht. Eine gewisse Ritterlichkeit mit Charme und trotzdem männlich.«

»Backt ihr den?«, wollte Sandra wissen und biss herzhaft in ihren Keks.

»Das wäre vielleicht auch mal eine Aufgabe«, sagte Hilda sofort und notierte es in ihrem Buch. »Für den Bäckermeister. Die Zutaten für den perfekten Mann. Oder die Frau. Oder Paare.«

»Den perfekten Hund haben wir ja schon«, lächelte Waltraud und deutete auf Stupsi, die vor einem der Körbe zirkusreif Männchen machte.

»Zimtsterne?«, fragte Karin.

»Zimtsterne«, bestätigte Agnes und stand auf, um ihr einen zu holen.

Sandra drehte sich um, und ihr Blick fiel auf eine schwarz lackierte Tür mit silbernen Halbmonden.

»Wo geht es da denn hin?«, wollte sie wissen.

Karin lächelte. »Du kannst dich hier frei bewegen, es gibt keine verschlossenen Bereiche. Vielleicht macht es dir ja Spaß ...«

Sandra warf einen Blick auf Stupsi, die den Zimtstern bereits verschlungen hatte, dann stand sie auf. »War schön mit euch«, sagte sie. »Irgendwie fühlt man sich hier so heimisch!«

Agnes lächelte. »Schau bei Gelegenheit mal in dein altes Fotoalbum, dann weißt du, warum.«

Sandra überlegte, aber sie konnte sich keinen Reim drauf machen. »Gut«, sagte sie. »Versprochen!«

Stupsi stand bereits wartend an der schwarzen Tür. Sandra ging die wenigen Schritte hinüber, und während sie die Klinke langsam nach unten drückte, winkte sie den vier Frauen zum Abschied zu. Dann trat sie entschlossen ein.

Mit allem hätte sie gerechnet, aber nicht damit: Hinter unzähligen Laptops saßen Jungen und Mädchen jeden Alters und schienen Riesenspaß zu haben. Sie redeten laut durcheinander, zwischendurch war ein »Cool, man« oder ein freudiger Aufschrei zu hören. Sandra blieb stehen, aber niemand schenkte ihr Beachtung. Schließlich ging sie zu dem vordersten Mädchen, das völlig gebannt auf seinen Bildschirm schaute.

»Weg da!«, schrie es kurz auf, aber nach dem ersten Schreck blieb Sandra trotzdem stehen. Offensichtlich war nicht sie gemeint. Ein animiertes Pony sprang über Hindernisse und wurde dabei ständig von einem Schäferhund gestört, dem es ausweichen musste. Sandra hielt unwillkürlich den Atem an. Es war ein großes Turnier, denn zwischendurch veränderte sich die Perspektive, und auf dem Bildschirm erschienen ein riesiger Parcours, große, voll besetzte Tribünen und internationale Fahnen. Oben links war die Anzeigetafel eingeblendet, auf der die Sekunden liefen und die Fehler angezeigt wurden. Das Mädchen dirigierte Reiter und Pferd mit ihrer Maus, hatte vor Aufregung rote Wangen und kommentierte jeden Sprung. »Los jetzt, gib Gas!«, rief es, als die Ziellinie in Sicht kam, und sprang begeistert auf, kaum dass das

Pony durch die Lichtschranke galoppiert war. »Gewonnen!«, brüllte das Mädchen und riss die Arme hoch. »Das Spiel ist genial! Ich habe gerade die Europameisterschaft gewonnen, ist das nicht der absolute Wahnsinn?«

»Meins ist Schrott«, lamentierte ein Junge hinter ihr. »Superlangweilig. Das können wir gleich mal aussortieren!«

Erst jetzt schienen sie Sandra zu bemerken, die zwischen ihnen stand.

»Willst du auch mal?«, fragte das Mädchen und stand auf. »Du kannst einfach nur ein Spiel ausprobieren oder auch ein Geschenk basteln.«

»Ein Geschenk basteln?« Sandra schaute sie verständnislos an.

»Vielleicht hast du ja jemanden da unten, dem du was schenken willst. Eine Europameisterschaft, wenn es ein Sportler ist, einen furiosen Konzertauftritt, wenn es ein Musiker ist, eine tolle Entdeckung, wenn er Wissenschaftler ist, und wenn er gerade an einem alten Auto bastelt, ein glückliches Händchen, damit es der schönste Oldtimer weit und breit wird. Irgendwas in der Art halt.«

»Oh«, machte Sandra und dachte an ihren Mann. Dann fiel ihr ihre Tochter ein. »Eine gute Note für einen Aufsatz vielleicht? Meine Tochter schreibt so gern und wird immer so schlecht bewertet, das frustriert sie total.«

»Ja klar!« Das Mädchen setzte sich wieder hin. »So was mach ich besonders gern. Wie alt ist die Kleine denn?«

»Elf. Und sie heißt Inka.«

»Also zwei Jahre jünger als ich«, das Mädchen sah zu Sandra auf.

Wie hübsch sie ist, dachte Sandra. Mit ihrem schwarzen Haar und der hellen Haut erinnerte das Mädchen sie an Schneewittchen.

»Das haben schon viele gedacht«, sagte es und lächelte Sandra an. »Ich heiße übrigens Viktoria und schicke deiner Tochter jetzt den genialsten Aufsatz, der je an ihrem Gymnasium geschrieben wurde. Der Direktor wird prüfen, ob nicht vielleicht Martin Walser dahintersteckt.«

Sandra lachte. »Darauf freu ich mich jetzt schon!«

»Und was ist mit Leo? Hast du für den auch eine Idee?«

»Leo? Mein Sohn?« Sandra starrte sie an. »Kennst du ihn?«

Viktoria lächelte vielsagend. »Was hältst du davon, wenn er am Reck plötzlich den Überschlag beherrscht? Davon träumt er doch immer.«

»Perfekt!«, sagte Sandra. »Und das machst du jetzt alles einfach so?«

»Einfach so«, gab Viktoria zurück. »Und es macht mir höllisch Freude!«

»Vielen Dank, das ist großartig von dir!«

Sandra schaute sich nach Stupsi um. Die saß bei einem Jungen auf dem Schoß und verfolgte das Geschehen auf dem Bildschirm mit schräg gestelltem Kopf. Sandra stellte sich dazu. Eine Katze versuchte mit allen Tricks, eine kleine Maus zu fangen. Aber die schlüpfte in letzter Sekunde immer wieder in ein Mauseloch.

»Das ist Stupsis Lieblingsspiel«, sagte der Junge, ohne hochzublicken. »Wir haben hier auch echte Katzen, aber sie mag die virtuellen Stubentiger lieber!«

Sandra nickte. »Sie hat von unserem Kater mal eins übergebraten bekommen«, erklärte sie, »seitdem hat sie Respekt.«

Der Junge lachte und Stupsi kläffte. Sandra ließ ihren Blick durch den Raum schweifen. Eine dottergelb lackierte Tür mit roten Sonnen weckte ihre Aufmerksamkeit.

»Weißt du, wo es dort hingeht?«, wollte sie von dem Jungen wissen.

»Stupsi wird's dir zeigen«, sagte er, und die kleine Hündin sprang sofort von seinem Schoß und stolzierte voraus.

Sandra blieb mitten im Türrahmen stehen. Durfte sie da überhaupt rein? Der große Raum sah aus wie ein Labor. Alles weiß, steril und Menschen in weißer Arbeitskleidung. So, wie sie es noch aus ihrem Chemie- und Physikunterricht kannte, gab es Tische mit Reagenzgläsern und Stehkolben, in denen etwas köchelte, überall zischte es und roch nach Schwefel. Was brauten sie hier Seltsames?

Sandra fasste sich ein Herz und ging auf die Gruppe zu, die ihr am nächsten stand.

»Darf ich fragen, was hier passiert?«, wandte sie sich an einen Mann, der sie irgendwie an Albert Einstein erinnerte.

»Aber sicher«, sagte er. »Die Welt wird nicht bedroht von den Menschen, die böse sind, sondern von denen, die das Böse zulassen.«

»Aha.« Sandra zeigte auf die brodelnden Substanzen in den unterschiedlichsten Glasbehältern. »Und damit ... tun Sie jetzt was dagegen?«

»Wir versuchen es jedes Jahr aufs Neue«, seufzte er und schenkte ihr ein müdes Lächeln.

»Hört sich irgendwie nicht gut an«, sagte Sandra.

»Wir arbeiten dran. Aber wir leben in einer Zeit vollkommener Mittel und verworrener Ziele.«

»Vielleicht wird es ja nächstes Jahr besser?«

»Vielleicht«, sagte er und strich sich durch sein weißes Haar, das wie elektrisiert in alle Richtungen stand. »Aber ich denke niemals an die Zukunft. Sie kommt früh genug.«

»Da haben Sie wohl recht«, meinte Sandra. »Das denke ich mir jeden Morgen, kurz bevor der Wecker klingelt. Und dann klingelt er doch!«

»Ja«, bestätigte er, »Wecker können wir nicht abschaffen. Zeit ist das, was man an der Uhr abliest.«

»Wie geheimnisvoll!«

»Das Schönste, was wir erleben können, ist das Geheimnisvolle.«

Sandra nickte. »Davon habe ich im Moment reichlich!«

Eine junge Frau schaltete sich in das Gespräch ein. »Wir arbeiten an der Verbesserung des Wassers und der Luft. Aber unsere Geschenke werden kaum wahrgenommen, weil sie ständig von anderen Themen überlagert werden. Man kommt kaum nach. Hier sinkt ein Tanker, daneben verklappt einer sein Altöl, weil es so schön praktisch ist, dort rußen die alten Kohlekraftwerke, und bei Tschernobyl ist uns dann die Hutschnur gerissen.«

»Scheint ein ziemlich undankbarer Job zu sein«, sagte Sandra. »Die anderen haben da mehr Spaß!«

»Na ja«, lenkte die Frau ein, »wir machen es ja auch nicht das ganze Jahr.«

Sandra schaute sie erstaunt an. »Was macht ihr dann?«

Sie lächelte. »Du wirst es ergründen.«

Gut, dachte Sandra, dann gehe ich eben weiter auf Entdeckungstour.

Stupsi wartete schon vor einer Tür, die golden und

verlockend schimmerte. Sie ließ sich schwerer öffnen als die anderen. Sandra stemmte sich mit der Schulter dagegen, und Stupsi bellte aufgeregt. Kaum war sie einen Spaltbreit offen, huschte die kleine Hündin hindurch. »Sssstt, bleib da«, zischte Sandra, dann schwang die Tür plötzlich auf, und Sandra musste blinzeln. So viel Licht, so viel Gold hatte sie noch nie gesehen. Unzählige Weihnachtsengel, die in allen Größen und Formen den Raum füllten. »Bombastisch«, hauchte Sandra und blieb erst einmal stehen. »Seid ihr irgendwie echt?«, fragte sie in das geräumige Zimmer hinein, als aber keine Antwort kam und sich auch kein Engel nach ihr umdrehte, trat sie ein. Sie fühlte sich wie im Glücksrausch. Sie liebte Engel und hatte noch vor Kurzem bei einer Auktion einen Engel für ihre Christbaumspitze ersteigert, auf dessen Anblick sie sich schon die ganzen vergangenen Tage gefreut hatte. Er hatte ein liebliches Gesicht aus Wachs, feine Hände, die auf einer Laute spielten, golden glänzende Flügel und ein wunderschönes Kleid aus rotem Samt. Insgeheim hatte sie schon beschlossen, ihn im neuen Jahr nicht in die große Kiste zu dem übrigen Weihnachtsschmuck zu packen, sondern in

ihr Schlafzimmer zu stellen. Als Glücksbringer sozusagen.

Sandra atmete tief durch. Das hier, dachte sie, war wie das Bad in Golddukaten für Dagobert Duck.

»Mein Gott!« Sandra ging in die Hocke und betrachtete die Weihnachtsengel, die auf dem untersten Regal nebeneinanderstanden. Sie mussten schon alt sein und mit ihren handgeschnitzten Köpfen sehr wertvoll. Keiner sah aus wie der andere, jeder Engel hatte ein individuelles Erscheinungsbild, bis in die kleinsten Nuancen. Sandra stand auf, bewunderte, ging wieder in die Hocke und konnte sich einfach nicht sattsehen. Plötzlich tauchte Stupsi vor ihr auf und legte ihr etwas zu Füßen. Sandra erschrak bis ins Mark: Die Hündin hatte einen Engel apportiert. »Stupsi!«, entfuhr es ihr, und instinktiv schaute sie sich um. Außer ihr war kein Mensch da. »Das darfst du doch nicht, bring ihn zurück!« Aber die Hündin saß schwanzwedelnd vor ihr und sah sie aus ihren warmen, braunen Augen erwartungsvoll an. Sandra hob den Engel auf. »Oh mein Gott!« Es war genau der Engel, den sie ersteigert hatte. Der Engel, der auf seinen großen Auftritt auf der Baumspitze wartete.

»Wo hast du den denn her?«, flüsterte sie, aber Stupsi wedelte nur, sprang auf und lief freudig bellend um sie herum. »Du hast ja recht, es war wirklich eine gelungene Überraschung!«

Sie wollte den Engel wieder an seinen Platz zurückstellen. Aber sie fand die passende Stelle nicht und platzierte ihn in eine Lücke zwischen zwei goldschimmernden Exemplaren, die Musikinstrumente in den Händen hielten. So konnten sie wenigstens miteinander spielen, dachte Sandra und war zugleich entzückt und verwirrt von diesen Gedanken.

Hoffentlich fange ich nicht an zu spinnen, dachte sie, während sie sich noch einmal umdrehte und die ganze Pracht der Engel auf sich wirken ließ. Wie lange hatte sie sich in diesem Raum aufgehalten? Sie wusste es nicht, es spielte auch keine Rolle.

Was konnte jetzt noch kommen? Sollte sie mal nach Alfred Ausschau halten? Aber Stupsi saß schon vor der nächsten Tür. Vielleicht war das ja der schnellere Weg in den Schlosshof. Diesmal war die Tür in einem schlichten Grün gehalten, sorgfältig lackiert und mit weißen Blümchen verziert, aber im Vergleich zu den bisherigen wirkte sie doch eher bescheiden.

»Wollen wir nach Alfred schauen?«, fragte Sandra, und Stupsi schenkte ihr einen aufmerksamen Blick.

Sandra öffnete die Tür: »Dann also los!«

Sie war ganz offensichtlich in der Verpackungshalle gelandet. Frauen und Männer jeden Alters verpackten unzählige Geschenke. Von selbst gestrickten Socken bis zu Flachbildschirmen. Wie gut, dass sie ihren Mantel schon anhatte, dachte Sandra, sicher wäre er hier verloren gegangen. Der Betrieb in der Halle war so groß, dass sie froh war, als sie auf der anderen Seite des Raumes eine weitere Tür entdeckte. Das ist ja die reinste Fließbandarbeit, dachte Sandra im Vorbeigehen.

»Es ist ja auch Endspurt«, antwortete ein junger Mann, der gerade eine komplette Spielzeugeisenbahn auf seinen Verpackungstisch wuchtete. Sandra kam sich schon fast ein bisschen wie ein Drückeberger vor, aber andererseits war sie ja auch nur ein Gast.

Stupsi hatte es offensichtlich eilig, zum Ausgang zu kommen, und weil sie ständig irgendwelchen Füßen ausweichen musste, schoss sie im Zickzackkurs durch die Halle. Vor der Tür warf sie sich hechelnd auf den Boden.

Sandra blieb stehen. »Kann ich dich denn mitnehmen?«, fragte sie. Allein der Gedanke, ohne Stupsi abreisen zu müssen, ließ ihr das Herz schwer werden. Stupsi legte ihren Kopf zwischen die Pfoten und schaute zu Sandra auf. Auch ihr würde ein Abschied schwerfallen. Sandra kniete sich zu Stupsi hinunter und streichelte sie. Wie oft hatte sie das früher getan. Und wie damals rollte sich Stupsi sofort auf den Rücken und streckte alle viere von sich, sodass Sandra ihren weichen Bauch kraulen konnte.

»Du bist mir eine. Das macht eine feine Dame doch nicht!«

Stupsi räkelte sich genüsslich, bis Sandra aufhörte und die Hündin aufsprang. Erst jetzt fiel Sandra auf, dass sie noch immer in der Verpackungshalle waren. Komisch, den Lärm hatte sie völlig ausgeblendet.

»Ich muss dich wirklich mitnehmen«, sagte sie laut, »du bist ein echter Stresskiller!«

Die Tür vor ihnen war beige und erinnerte Sandra an das Gardinenmuster alter Stuben. Gespannt öffnete sie sie. Ein gemütlicher Raum tat sich vor ihr auf, mit einem tiefen Ohrensessel, einem kleinen Tischchen davor und einer tickenden Pendeluhr an der Wand. Der Geruch, das gleichmäßige Ticken, das Muster der Tapete, alles kam ihr bekannt vor. In dem mit dunkelgrünem Samt bezogenen Ohrensessel saß eine Frau und strickte.

Aha, dachte Sandra, da kamen also die Socken her, die sie eben gesehen hatte. Im gleichen Moment fand sie diesen Gedanken blödsinnig, denn eine Frau alleine konnte ja nicht Hunderte von Socken stricken.

»Ich stricke nur ganz bestimmte Kindersocken«, sagte die Frau und drehte sich nach ihr um. Sandra blieb stehen und starrte auf den angefangenen Socken zwischen den vier langen Stricknadeln.

»Das sind ... meine Socken!«, sagte sie dann. »Das sind meine Farben. Die hab ich mir immer gewünscht: orange und grün und lila. Kein anderes Kind hat solche Socken getragen!«

Sandras Blick glitt hoch in das Gesicht der Frau. »Es ist lange her«, sagte sie dann zögernd.

»Für dich schon«, sagte die Frau und ließ ihre Hände in den Schoß sinken. »Für mich nicht.«

»Bist du's?«

»Ja, ich bin's!«

Sandra rührte sich nicht.

»Und was machst du hier?«, wollte sie wissen, unfähig, eine emotionale Reaktion zuzulassen.

»Das Gleiche wie alle anderen auch, wir arbeiten an den Weihnachtsgeschenken, jeder auf seine Art. Jeder so, wie er mag und kann.«

Die Frau lächelte. Und jetzt sah sie aus, wie Sandra sie von einer alten Fotografie her in Erinnerung hatte. Das grau melierte Haar war stufig kurz geschnitten, fast modern, dachte Sandra. Ihr Gesicht war überraschend glatt und leicht gebräunt, sie trug ein helles Jeanshemd mit aufgekrempelten Ärmeln und eine dunkle Hose.

»Setz dich«, sagte die alte Frau und zeigte auf den gegenüberstehenden Stuhl. »Magst du etwas trinken?«

»Nein«, sagte Sandra. »Ich mag's verstehen.«

Sandra sah, wie die Hand der Frau Stupsis Fell streichelte, als wären sie alte Freunde.

»Du bist es wirklich?«, fragte Sandra, während sie auf dem Stuhl Platz nahm. »Wirklich meine Oma? Sybille, die Mutter meiner Mutter?«

»Genau die!«

»Und wie kommst du hierher?«

Sybille lächelte. »So wie alle«, sagte sie. »Irgendwann waren wir hier.«

»Und wie fühlst du dich?«

»Wunderbar. Hier ist immer viel los, und mir tut nichts weh.«

»Kann ich dich anfassen?«

»Ich weiß nicht, ob das gelingt. Untereinander können wir das natürlich ...«

Sandra betrachtete sie schweigend.

»Irgendwann komme ich dann ja wohl auch.«

Sybille zuckte die Achseln. »Irgendwann, ja.«

»Ich glaub, ich muss jetzt doch was trinken ...« Sandra griff nach der Wasserkaraffe, die neben einigen Gläsern auf dem Tisch stand. »Darf ich?«

»Gern.«

»Magst du auch?«

»Mir wäre es zur Feier des Augenblicks eher nach einem Glas Sekt.«

Sandra betrachtete eine Weile die streichelnde Hand ihrer Oma und Stupsi, die sich sichtlich entspannte. »Ich habe das Gefühl, als müsste ich gleich aufwachen.«

Sybille lachte. »Das ist kein Traum«, sagte sie fröhlich. »Auch wenn du es später nicht mehr glauben wirst.«

Sandra nahm einen tiefen Schluck. »Sekt? Ist das dein Ernst?«

»Es wird gleich einer serviert werden.«

»Wie geht denn das? Du hast doch gar nichts bestellt?«

»Das geht hier eben so. Hier geht alles.«

»Und was macht ihr hier … ich meine, den ganzen Tag? Es ist ja nicht immer Weihnachten.«

Eine schmale Tür ging auf, und ein hochgewachsener Mann brachte ein Silbertablett mit zwei Gläsern Sekt, zwinkerte Sandra zu und stellte das Tablett auf den Tisch.

»Wohl bekomm's.«

Sybille bedankte sich, dann hob sie ihr Glas und prostete Sandra zu. Sie ließen die Gläser klirren und tranken einen Schluck. Gar nicht schlecht, stellte Sandra überrascht fest. Irgendwie hatte sie nicht wirklich mit Champagner gerechnet. Eher mit Rotkäppchen.

»Ich bin dein Schutzengel«, sagte Sybille.

Sandra fiel fast das Glas aus der Hand. »Was?«

»Im normalen Leben bin ich dein Schutzengel. Und hätte ich auf dich aufgepasst, wäre das mit Alfred auch nicht passiert. Er ist ein bisschen ... na, sagen wir mal, tollkühn.«

»Du bist mein ... Schutzengel? So was gibt es doch gar nicht!«

»Und ob!«

»Und warum gerade meiner? Und nicht der von Mutti?«

»Mütter und Töchter gehen sich manchmal auf die Nerven. Das hätte ich nicht ausgehalten. Mit einer Enkelin passiert das nicht. Außerdem ist es recht lustig mit dir!«

»Lustig?« Sandra riss die Augen auf. »Was ist denn da recht lustig? Manchmal habe ich den Eindruck, dass überhaupt nichts mehr lustig ist!«

»Das siehst du falsch. Oder du merkst es nicht, weil der Alltag manches überdeckt. Aber wenn ich nur an diese letzte Disco-Nacht denke, in der du ...«

»Da warst du dabei?«, unterbrach Sandra sie. »Aber, entschuldige mal, du bist doch ... viel zu alt für solche Exkursionen!«

Sybille lachte vergnügt. »Bin ich nicht. Ich kann

mein Alter wechseln. Wenn ich will, bin ich so alt wie du. Jetzt und hier wollte ich nur, dass du mich erkennst.«

Sandra zog die Augenbrauen zusammen. »Die Frau vorhin«, begann sie langsam, »in der Probierstube, sagte so etwas Seltsames über ein Fotoalbum. Ist sie auch ...?«

»Meine Schwester. Typisch, dass sie wieder beim Kaffeeklatsch sitzt. Das hat sie früher schon immer getan. Deine Großtante. Sie ist für den anderen Zweig der Familie zuständig. Gott sei Dank, die könnte ich auch nicht immer ertragen!«

Sandra schüttelte den Kopf. »Sag mal«, begann sie langsam, »wenn du immer dabei bist ... bist du dann auch, ich meine, beim Sex und so?«

»Ich schau weg!«

»Du schaust weg?«

»Na ja, meistens.«

»Du lieber Himmel! Das kriegt ja alles eine ganz neue Dimension!« Sandra nahm einen tiefen Schluck Champagner. »Und, ich meine, mein Mann ... hat Thomas auch einen Schutzengel?«

»Klar!«

»Und der guckt dann auch zu?«

»Nein, manchmal beschäftigen wir uns auch mit was anderem.«

»Manchmal?«

»Manchmal.«

»Mit was?«

»Mit uns.«

Sandra nahm noch einen Schluck. »Und wie geht das jetzt?«, wollte sie wissen. »Kommst du dann gleich mit?«

»Nein, ich komm schon von alleine. Das habe ich die letzten Jahre ja auch getan.«

»Unfassbar!« Sandra schüttelte den Kopf. »Jetzt werde ich beim Sex wieder das Licht ausmachen!«

»Ja, die Alten wussten schon, was sie tun …«

Stupsi sprang auf, weil die schmale Tür aufging.

»Na, bist du startklar?«, wollte Sybille von dem Mann wissen, der jetzt hereinkam, und Sandra hatte Mühe, in ihm den Weihnachtsmann von vorhin zu erkennen. In Jeans und T-Shirt, mit den blonden, verwuschelten Haaren und dem breiten Brustkorb sah Alfred verdammt gut aus.

»Pass auf, was du denkst«, sagte er mit einem schnellen Blick zu Sybille. »Wir hören es beide.«

»Ich denke ja nichts«, verteidigte sich Sandra sofort. »Rein gar nichts.«

»Ist auch besser so«, fand Sybille, »schließlich muss ich dich mit dem Knaben ja wieder zur Erde lassen!«

Sandra lächelte schräg und bemühte sich, rein gar nichts zu denken.

»Ich glaube, ich gebe euch einen Anstandswauwau mit!«

»Ich bin verheiratet und treu!«, war alles, was Sandra darauf einfiel.

»Du bist verheiratet«, sagte Sybille und stand auf.

»Aber eigentlich treu«, beharrte Sandra. »Er könnte liebevoller sein«, fügte sie dann schmollend hinzu. »Mal ein zärtliches Wort, was Nettes ...«

»Resi ruft«, unterbrach Alfred. »Und zwar in allen Tönen. Der Schlitten ist fertig, wir müssen.«

»Dann muss ich mit!«

»Sieht so aus!«

Sandra drehte sich nach Sybille um. »Darf ich dich zum Abschied umarmen?«

»Wir sehen uns ja wieder!«

»Aber das ist doch eher ein einseitiges Vergnügen ...«

Sybille fühlte sich erstaunlich gut an. Sandra hatte nicht wirklich damit gerechnet. Eigentlich hatte sie gar keine Vorstellung gehabt.

»Gute Reise!«, sagte Sybille. »Ich stricke hier noch fertig. Anschließend komm ich nach.«

»Und du?«, fragte Sandra die Hündin, die noch immer an Sybilles Sessel lag.

»Sie kommt mit mir«, sagte Sybille, aber als Stupsi sofort aufsprang, änderte sie ihre Meinung. »Vielleicht doch lieber gleich mit euch. Auch gut!«

Alfred wählte den kürzesten Weg zum Schlosshof. Viele Schlitten waren jetzt voll beladen, überall sah Sandra Weihnachtsmänner, die Hand anlegten und Elche, die sich von Helfern anschirren ließen.

»Eigentlich brauchst du mich doch gar nicht mehr«, sagte Sandra, während sie vor Alfreds Schlitten standen, dem man den kleinen Zwischenfall nicht mehr ansah. Auch Willy, der Elch, kam mit seiner schwingenden Weihnachtskugel im Geweih angetrottet.

»Das ist einer der wenigen Fälle, da ich mit Fug und Recht behaupten kann, dass eine Frau von einem Mann abhängig ist.«

»Wie meinst du das?«, wollte Sandra stirnrunzelnd

wissen. »Wie kommst du denn auf so einen Blödsinn?!«

»Ohne mich wirst du den Weg schwerlich finden.« Er schaute ihr in die Augen und fing an zu grinsen. »Denk das nicht!«

»Ich denk's trotzdem!«

»Dann nimm's zurück!«

»Ich hab's zurückgenommen ...«

Alfred schnitt eine kleine Grimasse. »Na«, sagte er, »ich weiß nicht so recht.« Er begrüßte seinen Elch, der Sandra einen freundlichen Blick zuwarf, bevor er sich von einer jungen Frau einspannen ließ.

»Dann komm«, sagte Alfred zu Sandra. »Ich muss meine Arbeitskleidung anlegen, und du musst deinen Jeep vorglühen. Bleib aber in meiner Spur und nimm keine Abkürzung oder Ähnliches. Überholen ist verboten, und halte dich wegen der Lärmbelästigung ans Tempolimit.«

»Du lieber Himmel«, stöhnte Sandra. »Gibt es hier auch etwas, was nicht verboten ist?«

»Sonst darf man alles. Und du darfst denken, was du willst.«

»Sehr witzig, wenn ihr alles mithört.«

»Dann denk halt einfach, dass ich ein toller Typ bin, und schon ist alles in Ordnung!«

Sandra musste lachen. »Das bist du wirklich«, sagte sie. »Und weil ich es jetzt ganz dringend denken muss, frage ich lieber gleich ganz offen: Habt ihr hier oben eigentlich Sex?«

»Denkst du dabei an uns beide?«

»Ich hab gar nichts gedacht, das hast du doch gehört.« Sandra schaute in seine Augen. »Was denkst du?«

»Jetzt gleich?« Er legte den Kopf schief.

»Was jetzt gleich?«, fragte Sandra irritiert.

»Sex?«

»Sex? Hier?« Sandra schaute sich um. »Ist das dein Ernst?«

»Wir könnten uns unsichtbar machen.« Alfred lächelte sie herausfordernd an. »Oder auf irgendeiner Wolke halten, da ist es kuschelig und bequem.«

»Und die Geschenke?«

»Fünf Minuten hin oder her …«

»Fünf Minuten???« Sandra schüttelte entschieden den Kopf. »Nein danke. So kuschelig kann die Wolke gar nicht sein. Also los jetzt, ich starte den Jeep.« Sie wandte sich zum Gehen, drehte sich aber noch einmal um. »Und außerdem bin ich glücklich verheiratet.«

»Mit einem, der völlig emotionslos ist.«

»Ist er nicht!«

»Ist er doch!«

Sandra stapfte davon und drehte sich nicht mehr um.

Der Jeep stand bereit, aber der Start verlangte ihr eine Mutprobe ab. Da sollte sie jetzt einfach lossausen, über die Zugbrücke ins Freie? Was, wenn es im freien Fall weiterging? Woher konnte sie wissen, ob ihr Jeep nicht einfach runterfiel?

Alfred glitt mit seinem Elch an ihr vorbei und winkte ihr vom Kutschbock aus fröhlich zu. Der hat gut lachen, dachte Sandra, schließlich hat er kein Leben zu verlieren. Sie gab sich einen Ruck und drückte das Gaspedal nieder. Mit einem Satz schoss der Jeep nach vorn, sackte nach dem Ende der Startbahn weg, fing sich aber wieder, noch bevor Sandras spitzer Schreckensschrei verhallt war. Sie krallte sich am Lenkrad fest und öffnete ihre Augen erst wieder, als sie spürte, dass der Wagen auf sicherem Kurs war. Tatsächlich, der Jeep glitt hinter dem Schlitten her, als führe er auf Schienen. Sandra beschloss, ihre Angst mit dem Verstand zu besiegen. Sie war sicher nach oben gekommen, dann würde sie auch wieder sicher zur Erde zurückkommen.

»Schau dich um, wie schön es ist«, hörte sie Alfreds Stimme an ihrem Ohr, und sie wunderte sich nicht mehr, sondern schaute. Und er hatte recht. Die Fahrt war berauschend schön. Die Erde lag mit ihren glitzernden Lichtinseln unter ihr und kam rasch näher. Sandra summte ein altes Kinderlied und lächelte, während der Fahrtwind in ihren Haaren spielte und sie einfach nur glücklich war.

Wie schön diese Welt doch war, wie unvergleichlich, wie facettenreich. Sandra erkannte nun schon die Lichter der Stadt, ihren Wald, den Weiler, in dem sie wohnte, und auch die Waldstraße, auf der sie kurz darauf etwas unsanft aufsetzte.

Schade, dachte sie und beobachtete Alfred, wie er elegant mit seinem Schlitten voller bunter Pakete auf der schneebedeckten Straße aufkam. Er steuerte an ihre Seite, und Sandra fühlte fast so etwas wie Wehmut. »Tschüss, du wunderbarer Elch«, sagte sie, und Willy nickte ihr freundlich zu.

»Auf Wiedersehen«, sagte Alfred. »Und denk daran, wenn du mir etwas mitteilen willst, sag es Sybille. Oder denk es. Sie wird auf deine Worte aufpassen.«

Sandra wischte sich eine Träne weg.

»Es war schön«, sagte sie. »Unvergleichlich schön. Vielen Dank!«

»Nimm Stupsi mit«, sagte Alfred und reichte ihr die kleine Hündin herüber, der sie begeistert begrüßte. »Du wirst die Einzige sein, die sie sehen kann. Zumindest, bis Sybille kommt. Dann verwandeln sie sich in Energie.«

»Energie?«

»Starke Energie!«

Sandra nahm Stupsi auf ihren Schoß und grub ihr Gesicht kurz in Stupsis Nacken. »War ich als Kind denn immer gut zu dir?«, wollte sie wissen und spürte, wie ihr wieder die Tränen kamen.

»Wir hätten doch auf einer Wolke zwischenlanden sollen«, sagte Alfred, »dann wärst du jetzt entspannter.«

Sandra schaute ihn an, wie er so dasaß, als alter Weihnachtsmann mit Bart, und musste lachen.

»Du könntest ja mein Großvater sein«, sagte sie schniefend.

»Ich kann auch anders«, konterte Alfred.

»Ich weiß«, flüsterte Sandra und sah zu, wie er seinen Elch wendete und in der Dunkelheit verschwand.

»So«, sagte sie zu Stupsi, »nun sind wir zwei allein. Alles wieder auf Anfang. Die Zeit ist für uns hier unten stehen geblieben, hat Alfred gesagt, also ist es, als ob nie etwas geschehen wäre.«

Stupsi leckte ihr kurz über die Nase. Schweren Herzens schob Sandra den Automatikhebel auf »D« und fuhr nach Hause.

Das Weihnachtsfest war anders als sonst. Draußen pickte die Gans noch immer ihre Körnlein, weil Sandra es nicht fertiggebracht hatte, ihr den Kopf abzuschlagen. Wer wusste schon, wie sie ihr dort oben im Himmelsschloss begegnen würde? Stattdessen hatte sie ihr einen Namen gegeben und sie zum Erstaunen aller offiziell in die Familie aufgenommen.

»Das ist Lisa«, hatte sie erklärt, »und Lisa bleibt bei uns!«

»Wunderbar«, hatte ihr Mann geantwortet, »und

wie sieht dann deiner Meinung nach der Weihnachtsbraten aus?«

»Wie wäre es mit einer Pizza Hawaii?«, fragte sie. Und während ihr Mann ihr den Verstand absprach, jubelten die Kinder, und Stupsi sprang freudig um alle herum.

Der Heilige Abend wurde so feierlich wie nie zuvor. Sandra schmückte den Baum mit Bedacht und sprach leise mit dem Weihnachtsengel, während sie ihn auf die Baumspitze setzte. »Du bist vollkommen«, sagte sie und bewunderte seine großen, goldenen Flügel und das zarte Gesicht. »Einfach überirdisch schön!« Und sie betrachtete die bunten Geschenke, die sich unter dem Baum türmten, mit besonderer Freude. Es war später Nachmittag, und Sandra hörte stimmungsvolle Weihnachtslieder, während sie das Zimmer für das Fest schmückte. Stupsi beobachtete sie vom Sofa aus, und als Sandra mit ihren Vorbereitungen fertig war, setzte sie sich zu ihr, nahm ihren kleinen Hund in den Arm und dämmerte unversehens mit ihm ein.

Thomas weckte sie. »Na, Schätzchen«, sagte er. »Eingenickt? Langsam wird es Zeit.« Er hatte ihren

neuen Mantel unter dem Arm. »Soll ich ihn wirklich noch einpacken? Du hast ihn doch schon getragen.«

Sandra lächelte verschlafen. »Brauchst du nicht«, sagte sie. »Wo sind denn die Kinder?«

»Sie warten vor der Tür, sie sind fürchterlich aufgeregt.«

Sandra schaute sich nach Stupsi um, aber sie war verschwunden. Verwundert rieb sie sich die Augen. War vielleicht doch alles ein Traum gewesen? Der Unfall, das Himmelsschloss, ihre alte Stupsi? Sie sah, wie Thomas eine Kerze nach der anderen anzündete und ein Weihnachtslied summte. »Ich muss mich einstimmen«, sagte er dazu und lachte gut gelaunt. Er sah gut aus. Er war noch immer der Mann, in den sie sich damals verliebt hatte. Den sie noch immer liebte.

Sandra stand vom Sofa auf und ging auf ihn zu. Thomas schloss sie zärtlich in seine Arme.

»Weißt du, Sandra, was ich dir viel zu selten sage?«, flüsterte er ihr ins Ohr, und sein warmer Atem reizte ihre Sinne. Er neigte seinen Kopf, sodass sie sich direkt in die Augen sehen konnten. »Ich liebe dich!«

Er sprach mit fester Stimme. »Du bist und bleibst die Frau meiner Träume!«

Sandra stand wie erstarrt da, dann fiel ihr Blick auf den goldenen Weihnachtsengel, und sie sah, wie er ihr von der Christbaumspitze herab zuzwinkerte.

Helenes Himbeerschnitten

Das folgende Rezept hat Gaby Hauptmann von der Mutter ihrer besten Freundin bekommen.

Schon als Kind war sie selbst ganz wild auf die Himbeerschnitten zu Weihnachten.

Für den Grundteig:

200 g Butter
200 g Zucker
400 g Mehl
2 Eier
2 Eigelb

Himbeermarmelade

Für die Makronenmasse (steif schlagen):

4 Eiweiß
250 g Puderzucker
250 g geriebene Mandeln

Für die Zitronenglasur (mit einer Gabel rühren):

1 Eiweiß (leicht steif geschlagen)
Zitronensaft
250 g Puderzucker

Die Grundmasse wie einen Mürbeteig herstellen. Anschließend in je 8 cm lange Streifen auswellen und diese 15 Minuten bei ca. 160 Grad auf der mittleren Schiene anbacken.

Wenn sie halb gebacken sind, zuerst die Marmelade und dann die Makronenmasse auf die Fläche streichen, anschließend mit gehackten Mandeln bestreuen. Danach 15 bis 20 Minuten bei ca. 160 Grad goldgelb fertigbacken. Noch warm mit Zitronenglasur bestreichen und in 2 cm breite Streifen schneiden.

Bon Appetit!

Ihre

Für

meinen Vater,

dem diese

Geschichte

gefallen hätte

Die Autorin
Gaby Hauptmann, 1957 in Trossingen geboren, lebt als Roman- und Kinderbuchautorin in Allensbach am Bodensee. Zuletzt erschienen ihre Bestseller »Rückflug zu verschenken« und »Ticket ins Paradies«.

Die Illustratorin
Chris Menke, geboren in Leipzig, lebt seit 1985 als Malerin und Buch-, Werbe- und Magazinillustratorin in München.

Gaby Hauptmann im Piper Verlag

»Ticket ins Paradies«
320 Seiten. Piper Taschenbuch
Clara will für immer auf Mallorca bleiben. Sie ist dem Charme des leidenschaftlichen Spaniers Andrés erlegen. Doch der scheint nur noch Augen für seine Köchin Maria José zu haben.

»Rückflug zu verschenken«
304 Seiten. Piper Taschenbuch
Eigentlich wollte Clara auf Mallorca nur günstig Urlaub machen. Doch dann bleibt sie länger, als geplant …

»Fünf-Sterne-Kerle inklusive«
320 Seiten. Piper Taschenbuch
Katrin hat eine Woche Skiurlaub im Fünf-Sterne-Hotel gewonnen. Unverhofft ist sie mittendrin im süßen Leben, umgeben von interessanten Kerlen …

»Suche impotenten Mann fürs Leben«
320 Seiten. Piper Taschenbuch
Per Annonce sucht Carmen den »impotenten Mann fürs Leben«. Doch als sich David bei ihr meldet, wünscht sie sich nichts sehnlicher, als dass seine Impotenz wie ein Schnupfen von allein vergeht.

»Nicht schon wieder al dente«
320 Seiten. Piper Taschenbuch
Niki liebt Marco, den Erben einer schwerreichen italienischen Nudeldynastie. Und Marco liebt Niki, das Mädchen aus Deutschland. Das Problem: Seine Mama liebt ihn auch und hat andere Pläne für ihn …